Lawaai om een koker

Klipper is een serie boeken met een lager AVI-niveau dan voor de leeftijdsgroep gebruikelijk is. De boeken zijn verdeeld in drie categorieën.
De *Klipper*-boeken zijn ook op cd verkrijgbaar;
Klipper Plus bevat begeleidend materiaal per boek.

ISBN 90 392 5435 4
NUGI 140/220
Eerste druk, tweede oplage 1998

Omslagontwerp: Robert Vulkers
Omslag en illustraties: Frans Le Roux
AVI 6
Brus 30-40

Lawaai om een koker

Margreet Maljers

KOK EDUCATIEF

DE HOOFDPERSONEN:

1. Emmy doet stom...

'Een uur eerder vrij', zegt Luuk, 'De Vries heeft griep.'
Hij hijst zijn rugzak omhoog en lacht:
'Geen wiskunde... dat komt goed uit. Lekker schaatsen straks!'
Job, zijn vriend, pakt zijn fiets.
'We hebben die extra vrije tijd nodig. Brugpiepers hebben het zwaar!' zucht hij. Maar zijn magere gezicht lacht.
Ze blijven naast hun fiets staan. Ze wachten op Emmy, die ook in Oudedam woont. Het dorp ligt ongeveer tien kilometer buiten de stad. Ze fietsen die afstand iedere dag.
'Waar blijft ze nou...? Emmy!' brult Luuk.

Emmy komt aanrennen.
'Mijn boek laten liggen', hijgt ze.
'Sukkel... Hier is je fiets', bromt Job.
Ze sprint meteen weg en kijkt achterom.
'Wie het eerst bij de brug is', roept ze.
Job spurt achter haar aan. Luuk volgt op zijn gemak. Ze wachten wel.
Dat doen ze, maar anders dan hij dacht. Met een korte knal klapt Emmy's band. Ze springt van haar fiets. Haar schoenen glijden weg.
De straat is glad door de vorst.

Met een sip gezicht schopt Emmy tegen haar wiel.
'Dat komt mooi uit. Net nu er ijs ligt!'
Haar band is zo plat als een dubbeltje.

'Pech', zegt Job, 'kom op, we gaan terug.'
Ze laten haar niet in de steek.
Emmy schudt haar hoofd. 'Nee, gaan jullie maar, anders is jullie middag ook weg.'
Luuk tikt tegen zijn voorhoofd: 'Ben je gek? We bellen naar mijn huis. Mijn vader moest hout wegbrengen. Als we geluk hebben, is hij nog in de stad. Dan kunnen we alle drie meerijden.'
Emmy's gezicht wordt weer vrolijk. Als dat waar is...
Dan kan het schaatsen doorgaan...

Even verder staat een telefooncel. Luuk fietst vooruit. De cel is bezet. Er staat een jonge man, in een leren jas. Hij legt de haak op de telefoon en gooit de deur met een klap dicht.
Hij draait zijn rug naar Luuk toe. Met korte stijve passen loopt hij weg.
Luuk zet zijn fiets neer.
'Schiet nu op. Ik heb geen geld', roept hij. 'Straks is mijn vader al weg.'
Haastig komen ze dichterbij. Luuk gaat alvast naar binnen.

Aan de overkant nadert een auto. De chauffeur parkeert langs de stoep. Emmy en Job gaan net de cel in als hij uit zijn auto stapt.
'Hela... laat me er eens even bij.'
Zijn stem klinkt nors.
'Ja, straks hoor', zegt Emmy, 'wij waren eerst.'

Af en toe is Emmy een katje, denkt Luuk. Maar je moet wel om haar lachen.
De man kijkt verbaasd naar Emmy.
Ze strijkt haar haren naar achteren en gooit een kwartje in de gleuf. Luuk draait het nummer. De meneer wacht met een kwaad gezicht. Hij heeft een bontmuts op zijn hoofd.
'Net een Kozak!' zegt Luuk zacht, 'zo'n Rus op een paard.'
Emmy snuift en mompelt: 'Kozakken waren toch

soldaten? Zie jij die vent vechten? Die komt nooit op een paard.'
'Sst', zegt Luuk. 'Hoi mam, met mij.'
Ze hebben geluk. Vader is nog in de stad. Over vijf minuten vertrekt hij. Moeder zal hem meteen bellen. Dan rijdt hij wel langs de cel.

Terwijl Luuk nog belt, ziet Emmy iets staan in een hoek van de telefooncel. Het is een koker van karton. Ze pakt hem op en draait hem om. Het is zo'n koker waar posters in passen.
'Dit is vast van die vent vóór ons. Is hij al weg?' vraagt Emmy.
Ze kijkt rond. Geen man in leren jas. Alleen de 'Kozak'.

2. De 'Kozak' wordt kwaad

Emmy stapt naar buiten en houdt de deur open.
'Gaat uw gang', zegt ze beleefd tegen de 'Kozak' die nors heen en weer loopt.
De man blijft stokstijf staan. Hij ziet de koker in Emmy's arm, en knijpt zijn ogen half dicht. Dan steekt hij zijn hand uit.
'Geef die maar aan mij, kind', zegt hij.
Emmy denkt: 'Poeh... kind...'
'Die is niet van u', zegt ze kattig. Ze loopt langs hem heen en houdt de koker stevig vast.
'Brutale meid!' zegt de man driftig. Hij pakt Emmy beet. De bontmuts zakt diep op zijn hoofd.
'Nou zeg!' roept Emmy boos.
Ze rukt zich los en loopt weg. De man zucht en trekt met zijn mond. Hij pakt vijf gulden uit zijn zak en houdt het muntstuk op zijn hand.
'Alsjeblieft. En geef dat ding nu hier.'

Emmy kijkt verbaasd en schudt haar hoofd.
'Ik breng hem naar de politie. Naar gevonden voorwerpen... Dan kunt u hem daar ophalen', zegt ze met haar neus in de lucht.
De jongens begrijpen er niets van. Waarom biedt die man Emmy geld aan? Hij heeft zeker teveel, denkt Luuk.

Dat kun je aan zijn auto wel zien. Wat een superwagen!
Hij kijkt bewonderend naar de rode auto.
Emmy schudt haar hoofd. 'Nee', zegt ze koppig.
'Kom Em... doe niet zo moeilijk', zegt Job.
'Precies...', zegt de man.
Hij gooit het geldstuk omhoog, vangt het weer op en kijkt Emmy kil aan.
'Nou... komt er nog wat van?'

Er piepen remmen. Ze kijken om.
'Daar is je vader', roept Job opgelucht.
De bestelbus van de firma Vlaar stopt langs de stoep.

Vader Vlaar springt uit de auto en schuift de deur open.
'Opschieten... ik heb weinig tijd', roept hij.
Hij pakt de fiets van Luuk op en zet hem in de bus. Dan pakt hij Emmy's fiets en dan die van Job.
'Vooruit, stap in alle drie! De jongens daar en mevrouw voorin!'
Emmy klimt handig naar binnen. Ze gaat zitten en wuift plagend naar de meneer die naast de cel staat.
Hij zegt niets. Hij doet niets. Hij kijkt alleen.
En Luuk schrikt van zijn blik. Zo gevaarlijk... Zo dreigend...
Em... Je bent een stommerd, denkt Luuk.

Vader Vlaar ziet de man in een flits. Hij smakt de deur dicht en start. De meneer met de bontmuts kijkt het busje na. De achterkant is grijs en smerig.
'Vlaars hout... Beter dan goud' staat er. En daaronder in kleine letters 'Oudedam'.
'We zullen zien', mompelt de 'Kozak', 'we zullen zien...'

3. Weer die rode auto

'Wat was dat voor een man?' vraagt vader Vlaar. Hij rijdt voorzichtig over de natte weg.
'Oh... niks', zegt Emmy. 'Iemand was deze koker vergeten en hij wilde hem inpikken. Nou... dat ging mooi niet door. Daar was Emmy bij.'
Ze knikt voldaan.
Job en Luuk kijken elkaar aan.
'Emmy... hij kan dat ding zijn vergeten. Wat een drukte om een poster', zegt Job.
Emmy draait zich om.
'Je weet niet eens wat erin zit. Misschien is het wel iets anders. Vergeten... kom nou! Dan bied je toch geen geld?'
De jongens halen hun schouders op. Als Emmy zo'n bui heeft, is er niet met haar te praten.
'Zelf weten, Em', zegt Job.

Luuk tuurt naar buiten. De sloten en meren zijn bevroren. Er ligt een dikke laag ijs.
'Ha... straks schaatsen', zegt hij.
Job wrijft over zijn maag.
'Eerst eten', mompelt hij.
'Jij hebt ook altijd honger', zucht Luuk.
'We nemen wel wat lekkers mee. Anders wordt het zo laat!' zegt Emmy vlug.

De bestelbus stopt met veel geknars. Ze zijn er.
'Eruit', zegt vader Vlaar.
Ze springen op straat. Achter de kerk, spreken ze af.

Een kwartier later staan ze klaar. Schaatsen onder. Rugzak op de rug. Job kauwt op een stuk brood, dat hij haastig uit de trommel heeft gepakt. Hij kijkt naar Emmy's rugzak. Haar vader is bakker en is nooit gierig.
'Wat heb je bij je, Em? Ik bedoel, brood is maar brood!'
Emmy ritst haar rugzak open.
'Tien krentenbollen... drie repen... zes koeken.'
Ze doet de tas weer dicht.

‘Prima’, knikt Job tevreden. ‘Ik wou dat mijn vader bakker was.’
Hij wrijft over zijn maag.
‘Dan zou je maar dik worden’, lacht Luuk.
Hij zet af en schaatst de vaart op.
‘Wie het eerst bij de molen is!’

De brede sloot komt uit bij de molen. De drie rijden zo hard ze kunnen. Job wint. Vlak vóór Luuk is hij bij de molen. Emmy tikt een tel later aan. Ze ploft neer op de kant.
‘Eerst een krentenbol’, hijgt Job.
Emmy lacht. Ze opent de rugzak en deelt uit.
‘Heb jij nog in die koker gekeken?’ vraagt Luuk al kauwend.
Emmy tikt op haar voorhoofd. ‘Daar had ik nogal tijd voor. Ik moest eten voor jullie pakken. Ik wed dat het gewoon een poster is. Niks bijzonders!’

‘Nou...’, aarzelt Luuk, ‘daarnet zei je wat anders.’
‘Daarnet is daarnet...’
Eigenlijk kan die koker Emmy niets meer schelen.
Job zegt niets. Hij eet zijn tweede krentenbol. Zijn kaken gaan op en neer.
‘Dat jij zo’n bonenstaak blijft. Niet te geloven’, zegt Emmy verbaasd. ‘Je ziet eruit of je honger lijdt! En je eet als een wolf.’
‘Ik heb ook vaak honger’, klaagt Job. ‘Geef maar op, die derde bol!’

Emmy geeft hem een duw.
'Straks!' lacht ze.
Ze gaan verder.
'Schaatsen tot de ruïne?' stelt Luuk voor.
De oude resten van kasteel Oudburcht liggen acht kilometer verder aan de dijk. Over de dijk loopt een smalle weg naar de ruïne. De stukken muur staan in het water. Soms klotst het tegen de stenen. 's Zomers vissen ze daar.

Schaatsen tot de ruïne. Dat is een flinke afstand. Niet te ver en niet te dichtbij. Luuk heeft een lange stok gevonden en ze rijden achter elkaar. Ze klemmen een hand om de stok. Emmy schaatst in het midden.
'Heerlijk gaat het zo', schreeuwt ze.
Hun slagen gaan in de maat... Links... rechts... links... rechts.

Ze moeten onder een brug door. Het ijs is daar ook al sterk genoeg.
'Bukken', roept Luuk.
Met hun hoofden diep naar de grond rijden ze onder de brug door. Boven hun hoofd rijden auto's.
Emmy richt zich op. Ze kijkt achterom.
'Hé... stop eens... kijk die rode auto daar!'
Ze laat de stok los en wijst naar de weg. De jongens stoppen. Hun ijzers knarsen in het ijs.

'Die lijkt op de auto van de 'Kozak', zegt Job.
'Het is hem', weet Luuk zeker.
De grote auto is snel uit het zicht. Verbaasd kijken ze elkaar aan.
'Toeval', zegt Job. Hij krabt onder zijn ijsmuts. 'Geef me nog maar een krentenbol.'
'Op je bolle hoofd', zegt Emmy.
Luuk schiet in de lach.
'Bol? Dat zou hij wel willen... Die magere spriet! Kom op... we gaan verder.'
Ze starten en schaatsen over het gladde ijs. Luuk piekert. Maar Luuk piekert wel vaker.

Na een half uur zijn ze bij de ruïne. Ze zoeken een stuk muur om op te zitten. Emmy heeft dorst.
'Ik wou dat ik wat te drinken had', zegt ze.
'Nou, nou. Wat hebben jullie? Als de één niet moet eten, wil de ander iets drinken', zegt Luuk.
Job staat meteen overeind. Hij opent zijn rugzak en pakt een fles en een paar plastic bekers.
'Jij lust dus niets?' plaagt hij.
Luuk geeft hem een stomp.
De warme chocola, die Jobs moeder heeft gemaakt, en de koeken smaken heerlijk. Ze smullen zwijgend.

Dan schaatsen ze om de ruïne heen. Daar komt nooit iemand, en dat is goed te merken. Het ijs is er superglad.
Na een half uur rijden ze terug.

4. Spijt... en nog eens spijt...

Terug gaat het langzamer dan heen. Er is een gure wind opgestoken.
'Dat zul je nu altijd zien', moppert Emmy, 'als er wind is, heb ik hem tegen...!'
Ze buigt diep voorover.
'Wat gek', lacht Job, 'ik heb hem altijd in de rug.'
Hij draait zich om en schaatst achteruit. Luuk en Emmy lachen en proberen het ook. Dat valt niet mee. Emmy komt met haar schaats in een scheur. Ze smakt neer, staat meteen weer op en wrijft over haar bil.
'Wat is ijs hard, zeg', klaagt ze.

Luuk houdt haar de stok voor.
'Pak maar beet', zegt hij stoer, 'we trekken je wel naar huis.'
Emmy kijkt naar Luuks brede rug. Daar wil ze wel achter rijden. Dan giert de wind niet zo gemeen. Haar gezicht doet er zeer van.
Luuk heeft geen last van de kou. Met stevige slagen geeft hij het tempo aan. Eén... twee... links... rechts. Ze gaan keihard over het ijs. Onder de brug door. De vaart op... naar de molen. Terug naar het dorp. Ze zien de toren al.
Binnen een kwartier zijn ze terug.
Ze stappen uit hun schaatsen.

'Mijn enkels wiebelen zo gek', zegt Emmy.
'Altijd al gedacht', pest Job.
Emmy geeft hem een stomp in zijn rug. Ze houdt een zakje omhoog.
'Die laatste krentenbol kun je wel vergeten.'
Job grijpt en grijnst.
'Hebbes', zegt hij en hapt meteen.
'Kijk hem eens proppen', zegt Emmy. 'Holle bolle Gijs!'

Dan lopen ze naar Luuks huis. 'Vlaars houthandel' staat met grote letters op de ruit van de etalage. Je kunt er hout kopen, maar ook rolgordijnen. De winkelbel rinkelt als ze naar binnen gaan.
'Oehoe... Ik ben weer thuis', roept Luuk.
Er is niemand in de winkel.

'Hallo... Oehoe.'
Geen antwoord. Ze lopen door naar de werkplaats. Vader staat te praten met een klant. De klant wil een rolgordijn hebben. Niet zo'n saaie... één met een patroontje. Niet dat je veel ziet van een gordijn dat om een stok zit. Maar ja... z'n vrouw hè.
Hij kijkt en aarzelt.
'Ik weet niet wat mijn vrouw wil', zegt hij.
Vader klopt op zijn schouder.
'Dat komt wel in orde. Ik kom morgen langs met een paar gordijnen. Dan kan ze zelf kiezen.'

'Hallo, pap... dag meneer,' zegt Luuk. Vader Vlaar draait zich om.
'Ha, jongens... dat komt goed uit. Jullie kunnen meteen helpen', zegt hij, 'die rolgordijnen moeten in de auto.'
Hij wijst naar de hoek. De gordijnen worden in kokers bewaard. Het zijn er wel vijftig. Grote, kleine, smalle en brede kokers.
'Moeten alle kokers in de auto?' vraagt Luuk.
'De helft is genoeg', bromt de klant, 'anders wordt het te moeilijk.'
'Juist', zegt vader.
De klant gaat weg.
'Morgen dus. Ik zal het thuis vertellen.'

De drie sjouwen de kokers in het busje.
'Straks zit er ook een rolgordijn in die koker van jou, Emmy', zegt Job. Hij pakt nog een paar rollen op.

VLAAR
OUDEDAM

‘Nou... èn?’ roept Emmy. Ze vindt opeens dat ze die middag een beetje gek heeft gedaan. Drukte maken om een koker... Ze wordt kwaad op zichzelf.
‘Ik ga naar huis’, snauwt ze. Ze draait zich om en verdwijnt. Verbluft kijken de jongens haar na. Die Emmy...
Luuk schudt zijn hoofd.
‘Meisjes...’ zucht hij.

Emmy holt over straat. Bij de hoek mindert ze vaart. Waarom loopt ze nu zo hard weg? Ze weet het zelf niet meer. Langzaam worden haar wangen rood. Vervelend dat ze zo raar deed. Dat is al de tweede keer vandaag.

Met een ruk draait ze zich om.
‘Zeurpiet’, scheldt ze tegen zichzelf en rent terug naar de werkplaats. De jongens zijn niet verbaasd als Emmy puffend aan komt.
‘Schaatsen vergeten!’ bedenkt ze vlug. ‘En we zouden bij mij huiswerk maken. Gaan jullie nog mee?’
‘Best’, bromt Luuk.
Ze lopen naar Emmy’s huis. En dan begint het te sneeuwen. Grote donzige vlokken.
‘Sneeuw. Heerlijk!’ zegt Emmy blij. Ze is haar boze bui vergeten. Dat is Emmy... zo kwaad... zo goed.

5. Wat zit er in de koker...

Het blijft sneeuwen. Uren achter elkaar. 's Avonds ligt er een dik pak.
Emmy is klaar met eten. Haar vader luistert naar het nieuws als er iets tegen het raam wordt gegooid.
Sneeuwballen natuurlijk... Emmy had niet anders verwacht.
'Ik ga nog even naar buiten', zegt ze, 'dat zijn vast Luuk en Job!'
Vader kijkt op de klok.
'Tot half negen... en geen minuut later.'
Emmy knikt.

Vader zet de radio harder. Het geluid schettert door de kamer. Emmy trekt haar jas aan. Ze hoort nog net een paar woorden:
Brutale roof... Directeur museum in wanhoop...
Politie zoekt jonge man met leren jas...
'Leren jas?' denkt Emmy, 'die ene man had een leren jas.'
Dan rent ze naar buiten.

'Ha, die Emmy.'
De sneeuwballen vliegen om haar oren. Ze gooit meteen terug. Luuk en Job hebben een hele stapel liggen.

Emmy mikt... handenvol. Er komen kinderen bij en er volgt een sneeuwgevecht. Daarna gaan ze een pop maken. Ze rollen grote ballen en zetten die op elkaar. Als de pop bijna af is, haalt Emmy thuis een winterwortel.
Een sneeuwpop zonder neus is geen gezicht! Ze steekt de wortel in zijn hoofd en Luuk haalt een oude pet. Job zet een lange tak naast hem. De sneeuwpop staat als een wachter voor de ruiten van houthandel Vlaar.

Emmy geeft hem een tik op zijn hoofd.
'Goed op de zaak passen!' zegt ze.
Luuk lacht.
'Wat zat er nu in die koker?' vraagt hij.
Emmy haalt haar schouders op.
'Weet ik niet. Wéér vergeten.'
'Sufferd', zegt Luuk.
Dan slaat de klok van de kerk. Half negen.
'Oei... zo laat al?'
Emmy rent naar huis.
'Om acht uur bij de bushalte', gilt ze nog vlug.
'Joeh!' roepen de jongens terug.
Ze gaan morgen met de bus naar school. De weg is te slecht om te fietsen.
'Nou... dag', zegt Job.
'Dag!' zegt Luuk. Dan wordt het stil op straat.

Als Emmy naar bed gaat, ziet ze de koker liggen. Ze peutert de deksel los. Het plakband kleeft aan haar vingers. Ze smijt het op de grond en loert met één oog in de koker...
Er zit een rol in. Van een raar, dik soort papier.
Voorzichtig haalt ze het eruit. Het is een tekening... Ze voelt aan de verf.
Het lijken allemaal kleine puntjes. Toch kun je zien dat het bomen zijn. Bomen in een tuin. Een vrouw hangt de was op.
'Wel een mooie plaat', vindt Emmy, 'vooral als je er uit de verte naar kijkt.'

Ze rolt de plaat weer op en legt de koker onder haar bed. Jammer dat ze hem mee heeft genomen. Nu moet ze dat ding weer kwijt zien te raken. Naar de politie brengen of zo. Ja zeg, die zullen haar aan zien komen. 'Wat een gezeur', zucht ze nog eens.

Ze duikt in bed en valt in slaap.
Ze droomt...
Een vreemde droom. Van een jonge man in een leren jas. Hij komt uit een rode auto. In zijn hand heeft hij een koker. Hij haalt er iets uit en hij zwaait.
Hij slingert en zwaait met een rolgordijn. En hij kijkt woedend naar haar.
Met het zweet op haar voorhoofd wordt Emmy wakker.
Ze kijkt op haar wekker. Het is pas tien uur.
Ze slaat de dekens terug en haalt de koker onder haar bed vandaan. Ze kijkt er nog eens in...
Dan schuift ze hem weer terug. Brr... wat is het koud.
Ze huivert en duikt weer in bed. Gelukkig droomt ze niet meer die nacht.

6. Luuk is te laat...

De volgende morgen, vijf voor acht. Emmy en Job staan bij de bushalte. Luuk is er niet.
De bus komt eraan. Ze stappen in. De chauffeur sluit de deur. Ronkend trekt de bus op.
Emmy kijkt nog even om.
'Stop... Stop', schreeuwt ze, 'er komt nog iemand aan.'
Met een schok stopt de bus. Luuk komt hijgend binnen en laat zich op een bank vallen. Zijn gezicht is vuurrood.

'Volgende keer eerder je bed uit', lacht de chauffeur. Hij kijkt in de spiegel en rijdt weg.

Luuk is weer op adem gekomen. Hij zet zijn tas op zijn knie.
'Raad eens waarom ik zo laat ben', zegt hij opgewonden.
'Je hebt je verslapen', plaagt Job. Hij leunt over de rugleuning heen en slaat Luuk op zijn arm.
'Nee... er is bij ons ingebroken.'

Luuk veegt zijn voorhoofd af en geeft Job een por terug.
'Ingebroken?' roept Emmy verbaasd. Iedereen in de bus luistert mee.
'Ingebroken', herhaalt Luuk.
Ze zijn er stil van.
'Is er veel weg?' vraagt Job dan.
'Geld... offe...?'
'Hout... geloof ik... en alle rolgordijnen!' Luuk vindt het eigenlijk jammer dat het niet meer is.
Rolgordijnen... het klinkt niet echt spannend.

Emmy denkt na.
'Alle rolgordijnen? Wat gek... Wat moet je nu met vijftig rolgordijnen?'
Luuk haalt zijn schouders op.
'Weet ik veel? Gelukkig is er geen geld weg. Dat was veel erger geweest.'
'Hoe merkte je vader het?' vraagt Emmy.
En Luuk vertelt: 'De deur naar de werkplaats stond open. Het was steenkoud in huis. M'n vader dacht eerst dat wij het raam hadden gebroken. Toen zag hij dat de kokers weg waren. Hij dacht nog even dat hij de dief buiten zag staan... Maar dat was de sneeuwpop!'
Emmy begint te lachen.
'De pop die wij gemaakt hebben? Je vader mag wel een bril kopen, zeg.'
'Het was nog stikdonker', zegt Luuk vlug. 'De politie was er al om zeven uur. Ze hebben sporen gevonden voor de deur. Sporen van banden en... voetsporen.'

‘Zo...’, zegt Job jaloers. ‘Sporen... dat klinkt toch wel goed. Zijn die gordijnen uit de bus ook gepikt?’ vraagt hij.
Luuk schudt zijn hoofd. ‘Nee. Dat niet.’
Ze praten erover tot de bus stopt. Ze zijn er. De school staat vlak bij de halte. Ze glijden over de stoep.
De bel gaat... Net op tijd zijn ze binnen.

7. Ontvoerd...

Het is half drie. Ze zijn vroeg uit vandaag. De leraar is nog steeds ziek. Emmy en Job wachten op Luuk. Hij moet een boek ophalen.
'Loop maar vast naar de bus... Ik haal jullie wel in!' roept hij.

Traag lopen Emmy en Job naar de halte. Hun schoenen knerpen in de sneeuw. Ze zijn bijna bij het bushokje als er een auto achter hen stopt.
De twee merken niets. Ze drentelen op hun gemak verder. Opeens worden ze vastgepakt. Harde handen om hun armen...
Ze zijn te verbaasd om weg te rennen. Emmy wil gillen, maar een grote hand klemt haar mond dicht.
'Stil... dan gebeurt er niets', hoort ze.
Een grote, rode auto staat vlakbij. De portieren zijn open.

Ze worden in de auto gegooid.
Emmy tuimelt in de ene hoek. Job in de andere.
Iemand wringt zich tussen hen in.
'Rijden maar', zegt hij bijna vrolijk.
Het is een jonge man. Zijn jas is van leer.
De auto rijdt weg in een hoog tempo. Achter het stuur zit een oudere man. Hij heeft een bontmuts op.

Emmy hijgt van schrik. Dat is...
Dat is die man van gisteren. De man die Luuk de 'Kozak' noemde... De man die de koker wilde hebben. En die ander... Dat is de man die de koker heeft laten staan.
Met bange ogen kijkt Emmy rond. Is er niemand die hen kan helpen? Het is stil op de weg. Ze zijn de enigen die deze kant op moeten.
Niemand heeft het gezien, denkt ze.

Niemand? Luuk ziet het. Hij komt net de hoek om en herkent de rode auto. Hij ziet hoe de twee mannen Emmy en Job erin sleuren.

Hij schreeuwt... maar er is niemand op straat.
Bleek staat hij de auto na te staren... Die rijdt over de brug, richting Oudedam. Luuk rent de weg terug... De school weer in.

De rode auto rijdt snel. Hij slipt bijna in de bocht.
'Dat moet er nog bij komen!' gromt de 'Kozak'.
Hij mindert snelheid. En dan zijn ze buiten de stad.
De man naast Emmy ruikt naar olie. Ze wordt er misselijk van en rilt.
'Waar gaan we naartoe?' vraagt Job. Hij is net zo bang als Emmy.
'Zal ik je vertellen', snauwt de Rus, 'we gaan een koker ophalen... En jou bergen we ergens op. Dan weten we zeker dat dit meisje de koker haalt en niets verklapt. Als ze praat, gebeurt er iets met jou. Iets naars.'
Hij lacht zonder vrolijkheid.
'En... dat wil ze niet. Daarom haalt ze geen hulp... nietwaar?'
Zijn stem wordt opeens vriendelijk. Dat vindt Job helemaal eng.
'Waar is die koker?' vervolgt de man.
'Thuis', zegt Emmy.
'Jij woont zeker niet in die houtwinkel?'
Emmy schudt haar hoofd. Verslagen...
'Thuis', zegt ze. Allemaal mijn schuld, denkt ze.

Ze rijden tien minuten. Dan stopt de auto. Emmy en Job zien waar ze zijn. Bij de ruïne van de Oudburcht.

Vlak bij de ruïne staat een oude schuur. Vroeger sliepen daar schapen. Emmy en Job worden uit de auto gehaald.

De 'Kozak' opent de deur van de schuur. Ze worden over de drempel geduwd. Binnen is het half donker. Midden op de vloer liggen lange lappen. Rode, groene, gestreepte en gebloemde... Langs de wand staan lege kokers.
De ROLGORDIJNEN...
Emmy en Job kijken elkaar aan. Emmy vergeet bang te zijn.
'Jullie zijn dieven...', roept ze fel.
'Dat klopt', zegt de man in het leer. Hij lacht... Het kan hem niets schelen.
'We móeten die koker hebben, meid. Er stonden er in die winkel zoveel, dat we alles hebben meegenomen.'

De ‘bontmuts’ kijkt Emmy kil aan.
‘Als jij je er niet mee had bemoeid, was dit niet nodig geweest. Dan had ik gewoon die koker gepakt. Ik was onbekend gebleven... Nu kennen drie mensen mijn gezicht. DRIE!’
De andere man lacht.
‘Ik kan slecht gezichten onthouden. Als ik mijn geld heb, ken ik u niet meer.’
‘Mmm’, bromt de ‘Kozak’.
Hij wijst naar Emmy.
‘Maar jij gaat straks die koker halen.’
Ze wijkt achteruit. Haar hart bonst.

Terwijl de ‘Kozak’ praat, heeft de jonge man Job vastgebonden. Hij lijkt wel een rollade.
‘Als je vriendin de koker heeft gehaald, ben je weer vrij’, zegt hij.
Job zegt niets. Maar Emmy ziet zijn angst.
Ik zeg niets! denkt ze. Niet tegen vader, niet tegen moeder... Tegen niemand!
Ze is bang en woedend tegelijk.

De beide mannen lopen naar de auto.
‘Ik kom je zo halen, hoor’, fluistert Emmy en dan volgt ze de mannen. Stokstijf zit ze achter in de auto. De mannen zwijgen.
Tien minuten later zijn ze in Oudedam.

8. Vader Vlaar als sterke man...

De auto stopt voor Emmy's huis. De 'Kozak' is ongerust. Hij rimpelt zijn voorhoofd.
De bontmuts zakt bijna op zijn neus. Hij zet zijn auto met de achterkant tegen de bumper van een andere auto. Zo kan hij straks meteen wegspurten.

Hij opent het portier.
'Je weet het!' sist hij, 'één kik en...'
Hij hakt met zijn hand in de lucht.
Emmy knikt en stapt uit. Ze gaat naar binnen. In de kamer zitten twee mannen. Emmy's vader en de pa van Luuk.
'Kind... gelukkig dat je er bent', begint haar vader.

‘Luuk heeft ons gebeld. Hoe ben je uit die auto gekomen en waar is Job? De politie is al geroepen. Die kan hier ieder moment zijn!’
De politie? Emmy kijkt met bange ogen rond.
Politie? Dat mag niet. Dat is gevaarlijk voor Job. Ze slikt en slikt... En dan snikt ze opeens: ‘De politie mag niet komen. Die mannen staan vóór. Ze hebben ook bij Vlaar ingebroken. Als ze iemand zien... doen ze Job iets. Hij zit gevangen... bij de ruïne! Hun auto is heel snel. Ze zijn vlugger bij Job dan wij. En dan nemen ze hem mee!’
Ze slaat haar handen voor haar ogen.

De twee vaders kijken elkaar aan. Ze weten lang niet alles. Maar ze begrijpen genoeg.
Job gevangen... Emmy doodsbang... En de politie is er nog niet. Maar Job mee laten nemen?
'Dat zullen we wel eens zien!' zegt vader. 'Waar staat de auto van de mannen?'
Emmy wijst huilend naar buiten. Ze loeren uit het raam. 'Die rode auto vóór die auto daar?'
Vader Vlaars hersens werken snel. Een plan... er is weinig tijd. Ze overleggen kort met elkaar.
'Prima!' zegt vader Vlaar kalm. Hij staat al bij de deur.
Emmy rilt.
'Ze rijden weg als ze u zien. En dan...'
'Stil maar', zegt haar vader.
Hij slaat een arm om haar heen.
'We weten wel wat we doen!'

Vader Vlaar sluipt weg. Er is een deur die uitkomt in de steeg achter de bakkerij. Daar staat zijn bestelbus. Hij start, rijdt de straat in, de hoek om...
Daar staat de rode auto. De motor loopt zacht. De beide mannen in de auto letten alleen op de voordeur.
Vader Vlaar lacht grimmig. Hij trekt op... De bestelbus rijdt met een loeiende motor op de auto met de beide mannen af.
Ze hijgen van schrik.
'Gek...!' schreeuwt de 'Kozak'. Hij balt zijn handen tot vuisten. Vader Vlaar zet zijn bus met de bumper tegen de voorkant van de rode auto. Hij zet zijn motor af.

‘Zo...’, zegt hij en stapt uit.
‘Wèg... wèg’, schreeuwt de Rus.
Vader Vlaar schudt zijn hoofd. Hij staat midden op de weg.
Niet weg te slepen... net als zijn bus.

Emmy komt naar buiten. Vlak achter haar loopt vader.
Hij start zijn auto die op het pad naast de bakkerij staat.
Vader Vlaar steekt zijn duim op.
‘Karren maar’, roept hij. ‘Ik houd ze hier wel vast.’
‘Zo doen we dat’, zegt Emmy’s vader.
Hij rijdt de straat uit.
‘De ruïne zei je, hè?’
Emmy kan alleen maar knikken. Haar tanden klapperen.

De mannen zien Emmy wegrijden.
'Dat kind... die ellendige meid.'
Ze koken van woede. De Rus geeft gas. Maar ze kunnen niet vóóruit. De bus verspert de weg. Ze kunnen ook niet achteruit. Ze zitten klem. De 'Kozak' draait het raampje open.
'Wat nu?' vraagt hij giftig.
Vader Vlaar schopt tegen een voorband.
'We wachten', zegt hij kalm.
Hij heeft na Luuks telefoontje meteen de politie ingelicht. Ze zijn al onderweg naar Oudedam.
Dichtbij klinkt een sirene. Ongerust kijken de mannen elkaar aan.
'Wachten... waarop?'
'Ik smeer hem', zegt de jonge man.
Maar voor hij het portier open kan doen, stopt er een politiewagen.

9. Wat zit er in de koker...

Emmy rijdt met haar vader over de besneeuwde weg naar de ruïne. Ze kijkt af en toe angstig achterom.
'Wees maar niet bang. Niemand kan om Vlaar heen', zegt vader.
'Nee,' zegt Emmy, 'maar je weet maar nooit.'
Vader rijdt snel. Ze zijn er binnen tien minuten. En daar is de schuur.

Emmy rent eropaf. De deur is dicht. Vader geeft een harde trap. De deur vliegt open.
'Job?' zegt vader.
'Job!' gilt Emmy.
'Hier... hier!' roept hij terug.
Hij ligt op de gordijnen. Zijn armen en benen vastgebonden. Zijn ogen beginnen te stralen.
'Je had wel eens vlugger mogen zijn', zegt hij dan tegen Emmy.
Emmy lacht en veegt een traan weg.
'Nou moe!' zegt ze blij.

Job is helemaal stijf van het liggen en van de kou in de schuur. Vader zet hem in de auto.
'Lekker warm hier', bibbert Job.
Emmy knijpt hard in zijn arm. Vader keert de auto.
'Naar huis', zegt hij opgelucht.

In de straat staat de politie. Vader Vlaar staat nog steeds midden op straat.
Vader, Emmy en Job stappen uit.
'Vlaar... Je gordijnen zijn terecht', roept vader. 'Twee vliegen in één klap.'
Vader Vlaar lacht vrolijk. De twee mannen zitten nog in hun auto. De jonge fluit tussen zijn tanden. Als hij Emmy en Job ziet, haalt hij zijn schouders op.
'Dat is mis', zegt hij.
De 'Kozak' heeft een rode kleur. Er lopen straaltjes van zijn gezicht.

Een agent opent het portier.
'Stapt u over in onze wagen', beveelt hij.
'Ik kan alles uitleggen', zegt de 'Kozak'. 'Het is allemaal een vergissing.'

‘Uitleggen mag op het bureau’, antwoorden de agenten.
Ze duwen de mannen in de auto. Met een snerpende sirene rijden ze weg.
Eén agent blijft achter... Hij haalt een boekje uit zijn zak.
‘Vertel eens’, zegt hij.
Emmy en Job praten en praten...
De agent schrijft alles op.
‘En waar is die koker nu?’ vraagt hij.
‘Op mijn kamer.’
Emmy holt naar binnen. Ze komt terug met de koker in haar hand. De agent haalt de deksel eraf. Uit de koker komt de tekening.
‘Tóch een poster’, zegt Job teleurgesteld. ‘Kijk nog eens goed.’
Hij had iets anders verwacht. Goud, of sieraden of zo.

Emmy’s vader zet grote ogen op.
‘Poster... tekening... welnee. Het is een schilderij’, zegt hij.
‘Kijk eens... Dit schilderij was toch op het nieuws?’
‘U bedoelt...’ zegt de agent. ‘Die diefstal uit het museum?’
Hij wordt er opgewonden van.
Vader kijkt naar de onderkant. ‘Pisarro’ staat er kriebelig.
‘Pisarro... Dat dacht ik al. Zo heette die schilder.’
Voorzichtig rolt vader het schilderij op.

‘Pisarro... wat een gekke naam!’ zegt Emmy. ‘Nooit van gehoord!’
Maar vader is onder de indruk.
‘Dit ding is miljoenen waard’, zegt hij. ‘Een echte Pisarro. Neemt u die koker mee, agent? Die wil ik niet in huis hebben! Dat is vragen om ellende...’

‘Hé... Hela!’
Iedereen kijkt om. Er komt een jongen aanrennen. Rood en bezweet... Het is Luuk. Hij stuift op Emmy en Job af.

‘Zijn jullie gewoon thuis? Dat had ik moeten weten’, roept hij.
Emmy pakt Luuk stevig vast.

‘Goed... dat je hebt gebeld. Anders... anders was Job meegenomen.’
Ze struikelt over haar woorden. Emmy’s vader tikt Luuk op zijn arm.
‘Inderdaad! Goed gedaan jongen!’

Luuk wordt er verlegen van.
‘Dat was niet zo moeilijk’, bromt hij. ‘Ik herkende de auto... Ik zag jullie verdwijnen... Toen ben ik meteen naar school gerend om te bellen.
Maar hoe zijn jullie ontsnapt?’
En ze vertellen...

De volgende dag staat in de krant:
Gestolen schilderij terecht! Museum dankt kinderen... Dief aangehouden. Kunsthandelaar bekent opdracht tot roof.

Luuk en Job zijn bij Emmy. Ze hebben net de krant gelezen.
‘Als die ‘Kozak’ een beetje slimmer was geweest’, begint Emmy... ‘Dan had hij dat schilderij gewoon bij zich thuis laten brengen. Zei die agent nog waarom dat was, pap?’
Vader legt de krant neer.
‘Inderdaad’, zegt hij.
‘De man in de leren jas bekende vlot. En toen de ‘Kozak’ dat wist, wilde hij ook wel praten.
Eigenlijk is het simpel. Die ‘Kozak’ is een bekende man.

Hij heeft een grote zaak in Amsterdam.
Zelf dat schilderij stelen? Dat vond hij te gevaarlijk.
Iemand anders moest het doen. Hij zou wel betalen.'

'Nou... èn', zegt Emmy ongeduldig. Ze vindt het nog steeds onzin.
'De 'Kozak' wilde niet dat de dief wist voor wíe hij moest stelen', zegt vader.
'Natuurlijk niet', bromt Luuk. 'Veel te link. Stel dat die dief zijn mond voorbijpraat. Niet nu... maar later. Dan is hij zijn goede naam kwijt.'

'Het plan zat goed in elkaar... De 'Kozak' is wel eens hier geweest. Toen heeft hij de telefooncel zien staan. Een stille plek... prima!
Daar maakte de 'Kozak' een afspraak. Precies om half twee bij de cel zou de koker daar gelegd worden. Hij zou hem ophalen... Het loon voor de dief zou hij achter het toestel stoppen.
Daarom is die leren jas ook teruggekomen. Hij moest het geld ophalen. Daarom konden ze samen jullie ontvoeren.
Het zat goed in elkaar. Een fluitje van een cent, als...'

Job lacht en zegt: 'Ja, als... Als Emmy haar band niet was geklapt. En als ze niet zo kattig was... Dan was er niets opgelost. Want wie maakt er nu drukte om een koker?'
'Emmy', zegt Luuk.